AF298538

LA RAMÉE,

Histoire amusante et morale,

PAR

Mlle CLARA FILLEUL DE PÉTIGNY.

PARIS

CHEZ L'AUTEUR,

RUE DES MATHURINS-SAINT-JACQUES, 10.

—

1851

PARIS IMP. DE MOQUET, 90, R. DE LA HARPE.

INTRODUCTION.

Le père Freulon, ce vieux, j'ose même
dire ce glorieux débris de l'empire, un
soir, selon sa coutume, avait réuni, au-
tour de son antique fauteuil, plusieurs
enfants qui venaient avec tant de plaisir l'entendre raconter les hauts faits
du petit Caporal. Plus que jamais, le
jeune et nombreux auditoire était tout
yeux, tout oreilles ; nul ne soufflait mot ;
à peine si l'on respirait : on eût, bien
que l'assertion puisse paraître trop hasar-
dée, facilement distingué le vol rapide
d'une mouche, des pas légers d'une sou-

ris effrayée. Ah! c'est que le père Freulon, fidèle à ses promesses, de semaine
en semaine différées et à dessein renou-
velées, allait enfin dérouler toutes les
scènes merveilleuses qui composent l'histoire de l'illustre et de l'incomparable
La Ramée.

Jeunes lecteurs, à mon tour, je veux
entreprendre ce récit étonnant et bien
digne de votre admiration. Pardon, si je
ne réussis pas dans mon projet amical!

LA RAMÉE.

Il était une fois un grenadier fameux,
       Estimé de toute l'armée :
De sa naissance, à peine il connaissait les lieux,
       Et son nom était La Ramée.
Il ne craignait la poudre, encor moins le bon vin ;
De service il comptait dix-sept ans et puis vingt.

Pour le roi, surtout pour la France,
Il s'était bravement battu ;
Aussi pour toute récompense,
Il avait des chevrons, et pour masse un écu.
Cependant La Ramée à son vieux capitaine,
Un jour vint dire poliment :
« Pardon ! ça me fait de la peine ;
J'e... je quitte le régiment,
Pour faire désormais ma cuisine moi-même.
Me voilà vieux, chacun son tour ;
J'attendrais le moment suprême,
Que, pour moi, le destin n'en serait pas moins sourd. »
Le chef, surpris, répond : « Ta demande est légale ;
Après juste trente-sept ans,
Tu désires revoir tes amis, tes parents,
De près, de loin, morts ou vivants,
J'approuve ton bon cœur, et ma main libérale,
Sans regrets, signe ton congé. »
Notre vieux grenadier, peut-être sans famille,
Sans pension sourtut et sans un pauvre asile,
Accepte le chiffon d'un air tout dégagé,
Et fait le salut ordinaire
Au capitaine un peu railleur,
Qui certes ne regrettait guère
Le vétéran grondeur
Et parfois querelleur.
Mais, avant de partir, à tous ses camarades
La Ramée, en pleurant, ou, si l'on veut, joyeux,
Devait, bien entendu, les plus touchants adieux,
Entremêlés un peu de nombreuses rasades.
Puis un bout de chemin

Chacun l'accompagna, selon l'ancien usage;
Et puis ces mots retentirent enfin :
« Adieu, tous mes amis !.—Au revoir! bon voyage !»
        Notre héros,
        Le sac au dos,
    En ce moment, siffle, arpente la route,
    Sur l'avenir n'ayant le moindre doute.
Marchant, marchant toujours, La Ramée arriva
        Au bord d'une large rivière,
        Où, nez-à-nez il se trouva
Avec un pélerin achevant sa prière.
L'homme pieux avait grand désir de passer
        Sur la rive opposée;
        Mais cette traversée
Semblait lui faire peur, du moins l'embarrasser.
La Ramée, en riant, s'approche et dit: « Mon père,
        Je vois que vous n'aimez pas l'eau :
Placez-vous sur mon dos, et, foi de militaire !
Qui ne craint rien, je veux vous passer sans bateau;
        Mais avant tout qu'aurai-je pour ma peine ?
        Ne faites point une réponse vaine.
—Transportez-moi d'abord, puis, vous serez content
        —Saint homme, des promesses
        Ne sont pas des espèces.
— Songez au ciel, mon fils, et ne doutez pas tant.
        —C'est bon, c'est bon ! grimpez sans crainte;
        Oui, vite grimpez sur mon dos;
        J'ai porté bien d'autres fardeaux:
Je parle à cœur ouvert et déteste la feinte.
—Je vous crois, mon cher fils. » Et le bon pélerin
        Chargé de son petit butin,
Des mains, voire des pieds, aussitôt se cramponne,

Et sur la charité très longuement raisonne.
La Ramée, en marchant, écoutait le sermon
Quand, au milieu des flots, grossis par le démon,
Il se dit *in petto* : « Que cette charge est lourde !
     Si je faisais faire un plongeon
Au pélerin,... d'un trait je viderais sa gourde ;...»
Mais il n'acheva pas ce monologue affreux,
     Et, pousuivant son trajet dangereux,
      Il déposa sur l'autre rive
    Tout le bagage et le vieux pélerin.
Alors celui-ci dit d'une voix non craintive :
« Frère, j'en suis marri, votre foi n'est pas vive ;
    Un peu plus et l'esprit malin
    De vous faisait un assassin :
    Pourtant, votre lutte intérieure
    Du ciel obtenant le pardon,
    Pour m'acquitter, je dois, sur l'heure,
    Vous combler d'un précieux don.
    Prenez ce sac,... sur l'apparence
    N'allez pas juger ce trésor ;
    C'est un vrai grenier d'abondance ;
    Car avec lui l'on peut se passer d'or,
    Tout souhait juste et raisonnable
    Sera promptement accompli.
    Soyez bon, soyez charitable,
Plus tard, au Saint Banquet, vous serez accueilli. »
La Ramée, étonné, s'écrie : « Assez, mon père ;
Je vois que vous voulez un peu rire de moi ;
Certes ce n'est pas bien... ma faute est trop légère ;
Vous n'êtes pas noyé... j'en suis joyeux, ma foi !
Belzébut, désormais, ne pourra m'y reprendre ;
Je me moque de lui : de la tentation,

En refusant mon dos, je saurai me défendre :
Vous approuvez, je crois, ma résolution.
—Du tout ! du tout, mon fils ! Il fant rendre service
Toujours à son prochain : le ciel dans sa justice,

Sait mesurer
La récompense ;
L'impatience
Fait murmurer ;

C'est à tort, mon enfant : le sac que je vous donne
A plus de prix cent fois qu'une riche couronne.

De plus, en votre main,
Mettez cette baguette ;
Puis, pas d'autre recette
Que ce petit refrain :
« Par la vertu d'icelle

Que tel ou tel objet se trouve dans mon sac. »

Et crac !

L'objet arrivera plus prompt qu'une hirondelle.

— Si votre sac est si puissant,

Reprend le vieux soldat, certes je puis d'avance

Affirmer que c'est un fameux présent.

—Ayez donc, ô mon fils ! entière confiance ;
Mais du trésor n'usez qu'en un besoin pressant,
Ou pour une action qui soit très généreuse. »
Après l'avoir béni, l'homme saint disparut.
Le vétéran surpris, se signa, puis se tût :
Du ciel il éprouvait la grâce merveilleuse

Et le divin appui ;

Aussi ranimé, comme inondé de lumière,

Il brave la poussière
Et marche devant lui.

Déjà la nuit obscure
Sur toute la nature
Laissait tomber ses voiles rembrunis,
Quand La Ramée atteint certaine ville
Moins grande que Paris,
Qu'on pense être Courville
Dans le pays chartrain,
Où Panard sut trouver plus d'un joyeux refrain
De l'immense cité le mouvement l'étonne,
Bien que, dans chaque rue, il ne heurte personne.
La Ramée, ô joie ! ô bonheur !
Passant devant un rôtisseur,
D'un souper il rêve l'emplette,
Souper, non composé d'une simple omelette ;
Mais bel et bien d'une perdrix,
D'un chapon qui frappent ses yeux surpris.
« Par la vertu de ma blanche baguette,
Vite entrez dans mon sac, morceaux dignes d'un roi. »
A peine a-t-il lancé ces mots vraiment magiques,
Que volent dans le sac les pièces magnifiques.
« Vivat ! dit le soldat ; plus ne paierai l'octroi ;
Le pélerin est un brave homme,
Pour le voir j'irais à Rome :
Je voudrais de certain soupçon,
A genoux, humblement, lui demander pardon. »
En se parlant ainsi, le vétéran s'arrête,
Tout en face d'un boulanger :
De la formule toujours prête
Il se sert : dans le sac pain blanc vient se loger.
«Franchement c'est une merveille;
Mais on ne peut souper sans avoir sa bouteille

De vieux Bordeaux ou de Mâcon.
La Ramée avait bien raison.
Aussi quand à l'enseigne de Silène.
Il aperçut des flacons si nombreux,
Qu'un gros navire eût pu les contenir à peine,
Soudain, notre héros s'écria tout joyeux :
              «J'en voudrais bien une feuillette;
              Mais l'homme doit se modérer;
              Deux bouteilles de la Comète,
              Oui, pourront me désaltérer,
              Par la vertu de ma baguette,
Vite entrez dans mon sac, jumelles ou jumeaux,
Le genre n'y fait rien : pour endormir nos maux,
Bouteilles ou flacons ont le même mérite;
Le seul cas important c'est que le vin soit bon ;
Le titre de Bourgogne, ou bien de Roussillon,
De Bordeaux, de Champagne et surtout de Laffite.
Ne peut inquiéter gosier d'un vétéran ;
Tout liquide est nectar, véritable nanan
              Quand il se laisse boire
              Et trouble la mémoire. »
              Au comble de ses vœux
              La Ramée abandonne
              La cité Beauceronne,
              Ou quasi-Percheronne,
              Et guidé par les fenx,
              (Un autre pourrait dire)
              Les rayons argentés
De l'astre, qu'en veillant, plus d'un berger admire,
La Ramée, en un mot, à pas précipités,
              Gagna certain bois solitaire,

Où, sans crainte il fit bonne chère.
Etendu mollement
Sur l'épaisse verdure,
Il but d'abord, puis mangea largement,
Non sans bénir son heureuse aventure.
Quand perdrix et chapon eurent, du fond du sac,
Passé, moins quelques os, dans son vaste estomac
La Ramée en vidant la seconde bouteille
Ferma les yeux,
Et, jusques au retour de l'aurore vermeille,
Ne fit que des songes délicieux.
Le plus puissant roi de la terre,
Certes ne l'emportait sur lui ;
L'homme qui brave la misère
Peut-il engendrer l'ennui ?
De l'Orient, non, les nuits parfumées
N'inspirent point de plus heureux transports
Que ces cadences animées
En l'honneur du printemps et de tous ses trésors.
Aussi quel doux réveil ! Mieux vaut fraîche bruyère
Et surtout pieuse prière,
Qu'un moelleux édredon
Et l'âme d'un larron.
Du vieux grognard, prompte fut la toilette :
A la main, sa baguette,
Et le précieux sac bien roulé sous le bras,
Il allume sa pipe et marche d'un bon pas :
Nogent, dit le Rotrou, captive ses regards ;
On en estime fort maintes pâtisseries,
Les gigots de mouton, les riches librairies ,
Et les salons ouverts aux lettres, aux beaux arts.

Moins épris de littérature,
Que d'écrevisses, de bon vin,
La Ramée, en son sac, fait passer un lapin
Qui rôtissait à l'hôtel du Dauphin ;
Un énorme pâté, de plus, une friture
Suivent certain flacon que le papa Michel
Vidait à petits coups au fond de sa cuisine :
Aussi fit-il, comme on dit, triste mine,
Et maudissant chiens, chats et le voleur un tel,
Qu'il ne connaissait pas, qu'il n'avait pu surprendre,
Jurant, jurant bien de le faire pendre,
Si cet audacieux son vin ne voulait rendre.
La Ramée ignorant cela,
Sur la route du Mans, tout seul faisait gala.
Des piétons affamés le raillent pleins d'envie;
Le vieux grognard s'en moque et point ne les convie.
Pourtant, sans peine, il aurait pu
Partager les reliefs, après s'être repu.
Mais La Ramée, autrefois charitable,
En ce moment, cédait sans doute au diable.
C'est un point délicat,
Et je craindrais d'accuser un soldat,
Dont le nom est si vénérable.
Mais grave historien,
Puis-je, dois-je déguiser rien ?
Les grands hommes ont leurs faiblesses;
Cet adage de tous les temps
Ne peut amoindrir leurs prouesses,
Leurs travaux éclatants.
Cette digression, de trop longue étendue,
J'achève.... et mon récit *presto* je continue

Un peu plus loin que la Ferté-Bernard,
    Et déjà sur le tard,
La Ramée aperçoit certaine hôtellerie
Laquelle, par caprice, à certaine prairie,
    Lors préférant, il veux choisir
Pour gîte du soir et commodément dormir.
Il frappe, on lui répond : « Au large !.. pas de place!
–Pourquoi cela?–Pourquoi? nous n'avons plus de lit.
—Tant pis, moi, je prétends, fussiez-vous le maudit,
    Chez vous manger une poularde grasse :
La poularde du Mans est un friand morceau :
Veuillez, ne veuillez pas, vous m'aurez pour convive;
La Ramée est mon nom : mi-normand, mi-manceau,
J'ai dit, trente-sept ans, aux plus malins: *Qui vive!* »
L'hôtellier, à ces mots, s'étant gratté l'oreille,
    Lui répondit : « Entrez, soldat fameux ;
      Après souper, je veux
    Vous proposer une merveille ;
      Si vous l'accomplissez,
Vous serez plus heureux que mille trépassés.
    — La proposition j'agrée,
Et j'espère passer une bonne soirée :
    Vite, d'abord qu'on mette le couvert;
    Qu'en même temps, on apporte l'entrée,
      Le rôt et le dessert,
    Sans oublier triple bouteille ;
    Car, j'aime le jus de la treille. »
    L'hôtelier d'un accent joyeux,
Fait signe de servir un souper copieux.
    J'ose affirmer que La Ramée,
    Ne resta point bouche fermée;

Mais qu'il l'ouvrit très démesurément,
Ayant soin d'arroser un peu chaque aliment.
Après la dernière rasade,
Le vieux soldat sortit pour faire un tour
De jardin et fumer : « Voyez, mon camarade,
Cette petite tour, »
Dit l'hôtellier, qui le suivait dans l'ombre ;
Phébé brillait à peine. « Eh bien ! en ce réduit,
Vous passerez la nuit :
Avant vous, un grand nombre
De gens l'ont entrepris sans trop y réussir,
Puisque, le lendemain, nul n'a pu déguerpir.
Si le destin vous favorise,
Je vous donnerai cent écus,
Et de plus,
De quoi troubler plus d'une tête grise. »
La Ramée enchanté,
Reprit : « Je veux boire à votre santé ;
Le marché me convient : vite de la lumière !
Quelques bouteilles de bon vin !
Et, sans faute, demain,
J'espère avoir raison de votre cave entière. »
Armé, de pied en cap, le héros, hardiment,
Pénètre dans le sombre et fatal logement.
Assis commodément
En un fauteuil antique,
Il attend sans frayeur
Le maudit visiteur,
Le satané farceur,
A la main diabolique.
Depuis deux heures environ,

La Ramée avec maint juron
Arraché par l'impatience
Faisait pourtant très bonne contenance,
Ni plus, ni moins qu'un sénateur romain.
Minuit sonne... Un éclair soudain
Illumine la chambre ;
Un petit homme noir qui ne sentait pas l'ambre,
Aux pieds tout fourchus,
Aux ongles crochus,
Semble sortir de dessous terre,
En ricanant d'une étrange manière.
« Quel est ton nom ? dit-il au vétéran.
— Que t'importe, fils de Satan ?
— Suis-moi sur l'heure !
— Si j'obéis, à l'instant que je meure !
—Oh ! monsieur le grognard,
De plus malins que toi m'ont suivi sans retard ;
En avant, et pas trop d'écart !
—Ah ! ah ! dit La Ramée, en tordant sa moustache,
Ton ordre impérieux nullement ne me fâche,
Tu le veux... une fois, deux fois..
— Oui, je le veux ! — Eh bien ! qui que tu sois,
Par la vertu de ma baguette,
Vite au fond de mon sac, loge ton noir squelette.»
Ces mots sont à peine finis
Que le noir farfadet, en poussant d'affreux cris,
Au fond du sac se glisse et soudain fait silence.
En lui souhaitant et bon soir et bonne chance,
La Ramée, en riant, tire chaque cordon
Et fortement les noue ;
Puis, sans songer même au pardon,

Le prisonnier rudement il secoue.
Après cet heureux dénoûment,
Des héros le vrai type,
Ayant éteint sa pipe,
Sans nul souci, dormit profondément.
Le lendemain, au lever de l'aurore,
L'hôtelier vient à pas de loup,
A la porte frapper un double petit coup.
Le vieux soldat ronflait encore ;
En sursaut pourtant réveillé,
Il lâche un mot sonore.
Surpris, émerveillé,
Au troisième pan pan, l'hôtelier éternue....
—« Au diable l'importun ! »
Exclame La Ramée ; « En ce moment, je sue ;
Je ne puis me lever.— Je vous croyais défunt »
Réplique celui-ci ; « Mon brave, ouvrez la porte ;
Votre étonnant succès de plaisir me transporte.
Après chaude bataille, un verre de vieux vin
Ne se refuse pas, même offert plus matin. »
Toute résistance étant vaine,
La Ramée entonne un refrain
En l'honneur de Bacchus et du joyeux Silène.
L'hôtellier tout tremblant
Ajoute : « Mais comment
Avez-vous donc dormi ? Quelle faveur divine
A pu vous soustraire au trépas ?
Si cette vérité vous ne me célez pas,
Pendant huit jours entiers, ma cave et ma cuisine
Seront, sans garantir mainte indigestion,
A votre disposition :

Bien entendu que la somme promise,
Intacte vous sera remise :
Buvez, mangez; pour vous, chez moi tout est gratis;
Je vous donnerais bien, tant est grande ma joie,
Ma bonne part du paradis,
Et même, sans regret, femme qui me rudoie,
Et jacasse à me rompre le cerveau.
— Hôtelier généreux, de ce dernier cadeau
Franchement je vous remercie ;
Mais de goûter à maint tonneau,
J'accepte la partie.
Quant au gaillard
Qui vous remplissait d'épouvante,
Je le tiens dans mon sac : par mesure prudente,
Je veux le rendre un peu moins égrillard ;
C'est mon affaire :
Avant tout, déjeûnons,
Et, coup sur coup, trinquons,
Sans recourir à l'onde trouble ou claire;
Puis à midi sonnant,
Vous me compterez les espèces,
Assez modeste prix d'un service étonnant,
Lequel rehausse encor mes brillantes prouesses,
L'hôtelier très ému cherchait à retenir
Le héros magnanime ;
Mais impatient d'en finir,
Celui-ci prit soudain une pose sublime.
L'argent est bien compté,
Et l'on porte gaîment la dernière santé.
Son sac sur les épaules
La Ramée entonne un refrain

Que le vainqueur des Gaules
Eût sans doute trouvé plus gaulois que romain.
Aujourd'hui les Français ont la même franchise :
Aussi l'honneur est-il leur antique devise.
        Je veux passer rapidement
Sur un adieu non moins touchant que pathétique,
Et mes jeunes lecteurs conduire au dénouement
        De cette histoire mirlifique.
        Qu'ils prêtent donc attention.
        Et nullement ne perdent patience ;
        Tant de hauts faits d'un guerrier de la France
        Pourront servir à leur instruction.
Jusqu'au milieu du jour notre héros chemine.
Alors qu'il descendait gaîment une colline,
        Un fracas infernal
        Bruit de sabbat, vrai bacchanal
        Arrive à ses oreilles :
« Par saint Eloi, dit-il, ce sont des maréchaux ;
        Au moyen de quelques bouteilles,
        Si je faisais rompre les os
        Au charmant petit diable
Que, malgré moi, je porte sur mon dos,
        Ce serait un tour admirable.
        A ce propos,
Le farfadet devient épileptique.
Arrivé près, tout près de la boutique,
        La Ramée aux trois compagnons,
De leurs chocs vigoureux troublant les environs,
        Dit : mes amis, un bel écu pour boire,
        Si, sans faiblir, vous daubez fortement
        Une carcasse noire

Que dans ce sac, je veille prudemment;
C'est le farceur de l'auberge maudite.
— Connu! monsieur. » Soudain trois énormes
[marteaux
Retombent pesamment sur le sac qui s'agite.
Plus le diablotin crie, et plus les coups égaux
Se succèdent par mille,
Et rendent sa rage inutile.
« C'est bien, très bien, mes bons amis ! »
Dit La Ramée, au comble de la joie ;
« Un écu je vous ai promis ;
En voici deux, non en fausse monnoie :
Buvez à tire-larigot ;
Bien volontiers, je triplerais l'écot.
Adieu ! Je file avec mon noir magot. »
Et La Ramée en poursuivant sa route,
Disait au prisonnier :
« Ah ! tu m'as provoqué ; tu vois ce qu'il t'en
[coûte. »
La boutique d'un cordonnier
Soudain s'offre aux regards du héros intrépide :
Il s'arrête et propose aux compagnons joyeux
De piquer en tout sens, et d'une main rapide,
Le sac mystérieux,
Sans craindre de blesser l'être malicieux
Qu'il renfermait. Sa trop lugubre histoire
La Ramée alors raconta.
En dépit du fameux grimoire,
L'alène point ne s'arrêta
Aussi le farfadet poussait, poussait des plaintes
A déchirer le cœur :

Les compagnons chantant quelques vieilles com-
[plaintes,
Le piquaient avec plus d'ardeur.
De guerre lasse, ou mieux, la besogne achevée,
Le vieux troupier paya grassement la corvée.
Puis marchant devant lui,
Il aperçut un profond précipice
Dans lequel l'esprit de malice,
Moulu, tiré du sac, dût chercher un refui.
Après encor mainte aventure ;
Après maint et maint bon repas,
La Ramée, écoutant la voix de la nature,
S'enquiert de sa famille et ne la trouve pas.
Tous jusques aux cousins, tous pour le grand
[voyage,
Etaient partis :
Il reconnaît bien son village ;
Mais plus de vieux parents et plus de vieux amis.
Aussi, combien sa douleur fut extrême !
Il est si dur de perdre ce qu'on aime !
La Ramée exhala ses cuisantes douleurs,
En versant un torrent de pleurs ;
Puis, illuminé par la grâce,
Il vint demander une place
Aux pères du couvent le plus voisin,
Dont le portier lui refusa l'entrée,
En grommelant : « Pour être capucin
Il faut avoir l'âme épurée ;
Votre air est par trop martial ;
Chez-nous, l'homme de guerre
N'entre guère ;

Tout soldat, tout pillard, tout fils de Bélial :
   Au surplus, faites pénitence ;
Vous me semblez bien gras, pour aimer l'absti-
       [nence. »
La Ramée, aspirant au joug de la vertu,
Par ces terribles mots ne fut point abattu ;
   Mais reprenant courage,
   Il frappe de nouveau
  Et dit dans un humble langage :
   « Ce sac est un fardeau
   Que je désire
   Vous confier. »
   Le vieux portier
  L'accepte avec un doux sourire
  Et le dépose dans un coin,
  Promettant d'en avoir grand soin.
  La porte est à peine fermée
   Que La Ramée
   S'écrie à haute voix :
  « Par la vertu de ma baguette,
  Dans mon sac, blotti que je sois ! »
Le Révérend, la mine stupéfaite,
    Jette
   Une telle exclamation,
   A l'aspect du vieux militaire,
Sortant du sac plein de componction,
   Que chaque pauvre frère
   Accourt rempli d'effroi.
   La Ramée, avec éloquence,
Parle de ses désirs et surtout de sa foi :
Du ciel il éprouvait une sainte influence.

Tous les bons pères convaincus
Que leur patron le favorise
Lui répondent : « Ne péchez plus,
Et soyez soldat de l'Eglise. »
        Le héros à genoux
    S'écrie : « Hélas ! miséricorde
        —Frère, je vous l'accorde,
        Réplique d'un ton doux,
    Le chef de la sainte milice ! »
    Le grenadier simple pécheur,
    Longtemps couvert d'un dur cilice,
    Comme un saint mourut en odeur.
De ce trop long récit que faut-il donc conclure?
Que Dieu, dans sa bonté, sait guider l'âme pure.

LE FAISEUR D'ALMANACHS.

Cherchant naguère un sujet d'apologue,
Je me souvins du faiseur d'almanachs,
Qui, sans fouiller au fond de tous ses sacs,
Jouait, mais à coup sûr, le rôle d'astrologue.
Matin et soir, des beaux ou vilains jours
Sa main traçait habilement le cours,
Et griffonnait surtout l'épithète certaine,
Pourvu qu'on ne tînt pas au mois, à la semaine.
Pour la première fois un sien enfant parfait,
Bien que novice,
Le secondait
Et n'entendait
Aux arrêts du destin, certes, nulle malice.
Le froid, la pluie et le brouillard,
Sans reprendre haleine, le père,
En moderne prophète, annonçait au hasard,
Ainsi que le dégel, la chaleur, le tonnerre,
Voire les vents impétueux.
L'enfant écrivait pêle-mêle;
Mais pronostic malencontreux
Dotant certain jeudi de tempête ou de grêle,
Le marmot dit : « Oh ! non, c'est un jour de congé.
— C'est juste ! écris mon fils : temps doux, ciel
[dégagé. »

L'OISON ET LE SERPENT.

Sur les bords d'un étang,
Certain oison, au lieu de garder le silence,
De ses talents divers croyant le chiffre immense,
Parmi les animaux voulait le premier rang.
A l'entendre, il avait tous les dons en partage :
« Suis-je, dit-il, las de marcher ?
Aussitôt je vole ou je nage. »
Un vieux serpent, blotti sous un rocher,
Riant tout bas d'une telle folie,
Lui répond en sifflant :
« Je suis surpris de ton triple talent ;
Eh quoi ! tu peux, selon ta fantaisie,
Fendre les airs à l'égal du faucon ?
Suivre à la course une biche légère,
Et même sur les flots lutter avec le thon ?
L'orgueil te rend bien téméraire ;
Tu mérites une leçon :
Le sot croit tout savoir ; le sot ne sait rien faire. »

LE COQ EN LITIÈRE.

« Comment, dit un renard, en superbe litière,
Je vois un coq porté par deux fripons de chats !
Le glorieux ne se doute pas
Qu'il touche à son heure dernière ! »
En effet les larrons n'ayant rien à manger

Etranglent le sot personnage.
Que de gens aujourd'hui, sans prévoir le danger,
Se laissent éblouir, roulés en équipage !

EPIGRAMME.

Des vers d'autrui la mémoire garnie,
Maigret toujours veut les articuler :
Ma Muse doit à ce vaste génie
Deux grains d'encens : Il sait gesticuler.

LA GOUTTE D'EAU.

Au travers de l'espace,
Dans un nuage d'or,
Une goutte d'eau roule, heureuse de l'essor
Qui flatte son orgueil et la plonge en l'extase.
Elle se croit fille de l'air,
Lorsque, soudain, souffle terrible
Dissipe, hélas ! le char de l'invisible.
Précipitée au milieu de la mer,
La goutte d'eau gémit et se lamente
De perdre en un moment sa couleur transparente
Et l'admirable pureté
Que semble dédaigner l'océan agité.
Ah! quelle erreur profonde !
Celle qui maudit l'onde
En l'huître son abri, perle devint plus tard,

Perle qu'on vit briller sur la tête d'un czar.
Certes la goutte d'eau, d'abord si consternée,
Etait loin de prévoir sa noble destinée.
Dans la foule perdus, que de pauvres enfants
Seront peut-être un jour prônés et triomphants.

L'ANE ET SON MAITRE.

Un meunier prétendait,
Sans doute par caprice,
Du bât héréditaire affranchir son baudet.
Peut-être direz-vous, pour prix d'un long service,
Espérait-il changer Martin en Monseigneur ?
C'est bon pour les humains. Refusant cet honneur,
L'âne répond : « J'aurais certes mauvaise grâce
De vouloir renier ainsi ceux de ma race. »
Ah ! combien de gens, ici-bas,
Dédaignant leur famille,
Proclâment le bât très utile,
Pourvu qu'ils ne le portent pas !

LE BALLON.

Un ballon, glorieux de parcourir l'espace,
Sans prévoir la moindre disgrâce
Voguait, trônait, bravait le vent :
Même dans son délire

O projet décevant !
Des cieux rêvant,
Dit-on, l'empire,
Il faisait ses adieux
Du haut des airs aux humains curieux.
Eole l'aperçoit et contre lui s'irrite :
De Mars ou de Vénus le futur satellite,
Impitoyablement brisé,
A l'instant même est renversé.
Que d'aveugles mortels, montés outre mesure,
Au faîte des grandeurs trouvent leur sépulture !

L'AMATEUR DE PENDULES.

Que les hommes sont donc crédules !
Petits ou grands, tous, sans exception,
Suivant, hélas ! fausse direction,
Ne rappellent que trop l'amateur de pendules.
Le fait n'est pas nouveau ; d'autres en ont parlé :
Même je m'empresse de dire,
Sans rire,
Que nul en ses travaux ne fut plus mal réglé.
Des pendules pourtant il avait par douzaines,
Aussi figurez-vous ses peines
Quand il veut les mettre d'accord...
C'est en vain qu'il prête l'oreille
Et que son œil suit les aiguilles d'or.
Confusion ne fut jamais pareille !

« Quelle heure est-il? » Notre homme n'en sait rien,
A moins de consulter le vrai méridien.
    De nos jours tant de faux systèmes
    S'entrechoquent avec fracas
Qu'il faut, quand nous voulons résoudre ces pro-
                      [blèmes,
Invoquer le bon sens qui ne nous trompe pas.

LES PETITS GATEAUX.

Un écolier paresseux et gourmand,
Et tant soit peu Manceau, d'autres diraient Normand,
    D'un pâtissier dévorant l'étalage,
Des yeux s'entend..., saisit un, deux, peut-être trois
    Petits gâteaux. qu'en son muet langage,
    Certe, il avait bien recomptés cent fois.
Heureux de son larcin, il s'éloigne, il s'esquive,
Mais en tournant la tête en sa course craintive,
    Le drôle fait un tel faux pas,
Qu'il s'étend tout du long....; Puis père la Galette
Qui le suivait de près, usant à tour de bras,
    D'un fouet, ou bien d'une baguette,
Lui dit : « Petit vaurien, le plus pesant fardeau
C'est un objet volé, ne fût-ce qu'un gâteau. »

LES CHATS AU BAL.

Des chats en très grand nombre,
Favorisés par l'ombre,
Du haut des toits, un soir, s'invitaient au sabbat :
Le lieu du rendez-vous, le champ-clos du combat
D'un moderne Crésus était la salle immense,
Où chattes et matous, une fois en présence,
          Ouvrirent le bal
          Nommé bacchanal.
Le maître, réveillé soudain par ce vacarme,
Se lève furieux, et d'un long bâton s'arme ;
          Puis de l'appartement
          Ouvrant tout doucement
          La porte,
          Il atteint, non vraiment
          L'infernale cohorte,
Mais glaces, meubles, et vases du plus grand prix,
Qui volent en éclats ou roulent en débris.
Les tapageurs de nuit détalant au plus vite,
          Grâce à l'obscurité
          Purent gagner leur gîte,
Et même se targuer de leur impunité.
          L'aventure est assez plaisante
          Et rappelle un bien vieux dicton :
          « Jamais une main violente,
          La nuit ne doit prendre un bâton,
          Ni Thémis sa double balance
          Dans un moment de somnolence. »

LA CALOMNIE ET LA CLOCHE.

Tout récemment la calomnie
A la cloche tint ce propos :
   « Si tu voulais, ma mie,
L'univers serait sans repos.
   De ta voix imposante
Répands mes mensonges divers,
Et l'on verra, chose étonnante !
Tressaillir le ciel, les enfers.
—Je ne comprends pas ton audace ;
Nul rapport n'existe entre nous :
Ma voix est celle de la grâce
Et n'annonce jamais qu'un pieux rendez-vous :
Puis, plus elle s'éloigne ou se perd dans l'espace
   Plus le son en est doux,
Surtout au moment de s'éteindre :
Au contraire, ta voix, lente et faible d'abord
Vole, augmente toujours : alors, cessant de feindre,
Tu te montres non moins cruelle que la mort
   Et deviens l'épouvante
   Même des gens de bien. »
La calomnie a la voix grossissante,
Pour nuire, hélas ! point de plus sûr moyen.

LE CHÊNE.

Un chêne, ivre d'orgueil, portait jusques aux cieux
   Sa tête altière ;
On le sonde... O surprise ! il est plein de poussière :
Notre géant superbe en imposait aux yeux.
    Que de grands personnages
    Sont de même, ici bas !
  De loin, le prisme égare les plus sages ;
  De près, l'erreur ne se prolonge pas.

BERTRAND ET ROBERT MACAIRE.

   Las de pérorer sur la place,
   Sans vendre son orviétan,
   Macaire fait laide grimace
   Et confie à l'ami Bertrand
  Un projet... mais un projet immense,
Qui doit émerveiller tous les jobards de France :
« Louons, dit-il, louons un somptueux hôtel ;
En prospectus nombreux répandons le mensonge,
   Puis nous vendrons du sel
Pour du sucre.... » — « Es-tu donc sous l'empire
       [d'un songe ?
Répond Bertrand ; perds-tu, cette fois, la raison !
  Quoi ! vendre du sel pour du sucre !
Telle plaisanterie est bonne à Charenton...

— « Et je veux en tirer un prodigieux lucre .
  Depuis longtemps, appâts non moins grossiers
  Sont avalés par d'avides rentiers. »
      En peu de mots , Robert Macaire
De plus d'une fortune explique le mystère.

L'orage sur Paris.

Minuit sonnait à peine... Et la voix du tonnerre
      En suspens tenait tout Paris :
    L'orage furieux, éclatant de colère,
Aux toits, aux monuments arrachait des débris.
        Jamais, oh ! non jamais bourrasque
Ne fut plus violente et surtout plus fantasque.
      Que de bonnets, que de chapeaux
      Que de rubans, que d'oripeaux,
Emportés dans les airs, ou roulés dans la boue!
Aussi mainte beauté se plaint et fait la moue.
Qui pourrait retracer les embarras croissants
Des marchands effarés, des timides passants?
      Je ne sais plus dans quelle rue,
      Quartier de la Bourse, je crois,
D'un épicier fameux un commis aux abois,
A traîner ses volets vainement s'évertue :
L'ouragan déchaîné s'oppose à ses efforts.....
Soudain il pirouette, il sent fléchir son corps.....
Que dis-je? homme et volets heurtent la devanture!
Quel fracas! quel désordre! Et comment, oui, com-
                              [ment
Sans trembler, sans frémir, d'un tel événement

Essayer froidement
La peinture?
Figurez-vous l'image du chaos;
Plus de montre brillante et plus de symétrie!
Tout est confusion... Les glaces en morceaux,
D'abord des fils d'Eole attestent la furie;
Puis la moutarde de Dijon,
O sort!... O fâcheuse aventure!
Parmi les pots de confiture
A flots faisait invasion!
Dans le vinaigre et l'eau-de-vie,
En dépit de larges bouchons,
Pêle-mêle on voyait cerises, cornichons
Formant un vrai gâchis, plein de bizarrerie!
De curaçao les lourds cruchons,
Hélas! avaient broyé les biscuits, les chandelles,
Sans compter force succulents,
Force productions nouvelles,
Avec un bruit d'enfer l'un sur l'autre roulants,
De tablette en tablette et d'étage en étage.....
Sous une couche de cirage
La pâte de guimauve a perdu sa blancheur;
Même deux jours après cet horrible malheur,
La dame du comptoir, aussi belle que sage,
N'avait pas recouvré sa gaîté, sa fraîcheur.
De ce tohu-bohu que faut-il donc conclure?
Si je ne craignais la censure,
Je répondrais tout haut : « Les orageux débats
Offrent dans tous les temps les mêmes résultats. »

AU CHIEN ENRAGÉ!

Un chien mordit certain compère,
    Qui, tout colère,
Voulant, sur l'heure, être vengé,
Cria : « Gare!... Au chien enragé! »
Le mensonge eut un succès déplorable,
On assomma, sans preuve, le coupable.
    Peuple, si tu crois mes avis,
Avant de courir sus, connais tes ennemis.

LA SEMENCE.

L'excès en tout est un défaut;
Quel proverbe est plus admirable?
Si vous en doutez, mot pour mot,
Tâchez d'apprendre cette fable.
« Tôt! tôt! mon fils; ne perdons un moment;
A pleines mains, répandons le froment
    Dont ce grand sac regorge;
Puis, puis viendra le tour de l'avoine et de l'orge.»
    Ainsi parlait un vieux père à son fils.
    Mais ce dernier, ignorant et surpris,
    Répond : «Pourquoi répandre
En telle quantité le blé que l'on peut vendre?
J'aimerais mieux n'en semer que moitié. »
— Ah! combien ton erreur m'inspire de pitié!
Retrancher follement sur l'utile semence

N'est-ce pas renoncer d'autant à la moisson ?
Il faut semer beaucoup pour avoir l'abondance :
Mais tu comprendras mieux au mois d'oût ma leçon.»

LA FAUVETTE ET SES AMIS.

La riante retraite
D'une jeune fauvette
Au retour du printemps,
Retentissait des plus doux chants.
Mais un matin, plus de romance,
Plus de brûlants transports ;
Le plus profond silence
Remplace tout à coup les plus tendres accords.
Au comble de l'inquiétude,
De la fauvette, les amis,
En vain troublent sa solitude
De leurs plaintes et de leurs cris.
Aux vœux de tous, enfin, sa fauvette est rendue !
« Que faisiez-vous ? Qu'êtes-vous devenue ? »
Exclame alors tel ou tel visiteur,
Parent, ami, surtout admirateur.
— Je suis mère,
Répond l'aimable oiseau ;
Mes enfants au berceau,
Objets de mon amour, me rendent moins légère. »

www.ingramcontent.com/pod-product-compliance
Ingram Content Group UK Ltd.
Pitfield, Milton Keynes, MK11 3LW, UK
UKHW020058100726
13658UKWH00004B/1838